국립중앙도서관 출판시도서목록(CIP)

날지 못하는 반딧불이 / 오자와 아키미 글 ; 김동성 그림
; 김숙 옮김. -- 인천 : 북뱅크, 2007

p. ;   cm

ISBN 978-89-89863-52-6 73830 : ₩ 9,000

833.6-KDC4   CIP2007000177

날지 못하는 반딧불이

오자와 아키미 글 · 김동성 그림 · 김 숙 옮김

북뱅크

서쪽 하늘이 지는 해에 물들어 마을도 논밭도
금빛으로 빛나는 저녁 무렵, 반딧불이들이 한꺼번에
번데기에서 깨어나기 시작했습니다.

모내기를 끝낸 논 이랑 한켠에
반딧불이들의 보금자리가 있었습니다.

“야, 오늘부터 나는 당당한 진짜 반딧불이야.
누구보다 멋지게 날아올라 환한 빛을 낼 거야.”
　“나도 이제야 진짜 반딧불이가 되었어. 어서 빨리
날아 보고 싶어.”
　“나도 그래.”
　“나도.”
　이렇게 어린 반딧불이들은 아직 덜 마른 연한 날개를
쫙 펴 보기도 하고,
두 다리로 딱 버티고 서서 몸을 쭉 펴 보기도 하면서

떠들썩하게 날 준비를 하고 있었습니다.
　빨간 저녁해가 서쪽 산 아래로 숨어 버리자,
아름다운 연녹색 하늘에 성급한 별 하나가 먼저
얼굴을 내밀었습니다.
　이어 수많은 별이 아름답게 밤하늘을 수놓았습니다.
　은하수가 남쪽에서 북쪽으로 흐르고
여름을 알리는 전갈좌와 백조좌의 별 무리가
반딧불이들의 탄생을 축하하기라도 하듯
반짝반짝 빛나고 있었습니다.

반 반 반딧불이 이리로 와.

저기 저기 저쪽 물은 맛이 없어.

여기 여기 이쪽 물은 아주 달지.

반 반 반딧불이 이리로 와.

반딧불이를 잡으러 온 아이들의 노랫소리가 들려왔습니다.
대나무로 만든 조그만 곤충 채집 상자와 빨간 손전등을 든 아이들이
좁은 논두렁길을 마치 기차놀이라도 하듯 한 줄로 나란히 서서
걸어오고 있습니다.
반딧불이들은 이제 막 날아오르려고 합니다.

"크게 숨을 들이마시고."
"자, 이제 나는 거야."
반딧불이들의 몸이 조용히 땅에서 날아올랐습니다.
넉 장의 부드러운 날개가

기분 좋은 날갯짓을 시작했습니다.
"와, 날았다, 날았다."
"나도."
"나도 날고 있어."

“우리 집이 저렇게 조그맣게 보여.”
“우와, 논이 이렇게 넓은 줄 몰랐어.”
“저것 좀 봐, 논 건너편에 바다가 있어.”

반딧불이들은 날개를 한껏 펼치고 정신없이 날고 있었습니다.
처음으로 하늘을 날아 본 작은 반딧불이들에게
오늘이야말로 최고로 기쁘고 신나는 날이겠지요.

  그러다가 한참만에 반딧불이 한 마리가
문득 아래를 내려다보니,
방금 떠나온 풀밭 근처에
희미한 빛 하나가 남아 가물거리고 있는 게
아니겠어요?
  '아니, 저게 뭐지?'
  하늘을 날고 있던 한 반딧불이가
생각했습니다.
  그리고 나서 큰 소리로 아래쪽을 향해
외쳤습니다.
  "거기, 누구니? 누군가 있는 거니?
어서 빨리 올라와. 모두들 여기에 있어."
  아래쪽에서는 아무 소리도
들려오지 않았습니다.
  한 마리가 외치는 소리에
하늘을 날고 있던 반딧불이들이 하나 둘
몰려들기 시작했습니다.

“왜 그래? 무슨 일이야?”

“저 아래 누군가가 남아 있나 봐.”

그 때, 아래쪽에서 작은 소리가 들려왔습니다.

“난, 난 날 수가 없어―.
하늘로 날아오를 수가 없어―.”

하늘에 있는 반딧불이들은 놀라 서로의 얼굴을
바라보았습니다.

“무슨 소리야? 말도 안 돼.”

“너도 날 수 있어.”

“봐, 모두들 이렇게 잘 날아올랐는걸.”

반딧불이들이 너도 나도 한마디씩 했습니다.

“하지만 난 아무리 날갯짓을 해도 날 수가 없어.”

아래쪽에서 몹시 괴로운 듯한 목소리가 그렇게
대답했습니다.

하늘을 날던 반딧불이들은 모두 파르락파르락
날갯짓을 하여 급하게 아래로 내려갔습니다.

보금자리로 되돌아온 반딧불이들은
깜짝 놀랐습니다.

반딧불이라면 누구나 빨간 깃이 달린
반들반들한 까만 날개와 아주 소중한 전등을
하나씩 갖고 태어나는 것입니다.

그런데 어찌된 일인지 오직 한 마리,
그 반딧불이만은 불에 덴 듯한 거무죽죽한 날개가
쭈글쭈글하게 쪼그라들어 있는 게 아니겠어요?

다리도 여섯 개 달려 있고
빛나는 전등도 똑같이 달려 있는데,
날개만이 보기 흉하게 쪼그라들어
도르르 말려 있었던 것입니다.

반딧불이들은 너무나도 마음이 아팠습니다.

아무 말도 나오지 않아
그저 바라보고만 있을 뿐입니다

날지 못하는 반딧불이는 쪼그라든 날개를 파닥이면서
몇 번이고 날아 보려고 했지만,
겨우 5센티미터 정도 몸이 떠올랐다가는
금세 힘없이 떨어지고 말았습니다.
'이번에야말로 날고 말 거야.'
하고 생각한 날지 못하는 반딧불이는
있는 힘껏 날개에 힘을 주어―
머리를 꼿꼿이 위로 치켜들고―
다리로 땅을 탁 차면서―
아아, 그러나 역시 잘 되지 않았습니다.

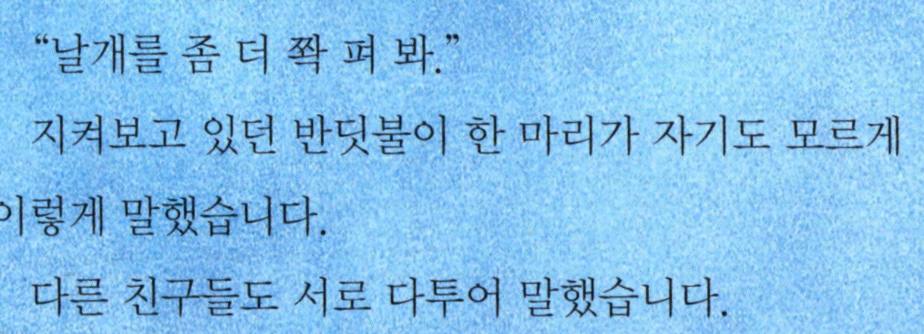

"날개를 좀 더 쫙 펴 봐."
지켜보고 있던 반딧불이 한 마리가 자기도 모르게
이렇게 말했습니다.
다른 친구들도 서로 다투어 말했습니다.
"으읍! 하고 배에 힘을 잔뜩 넣어 봐."
"그리고 나서 다리를 이렇게 안으로 당기는 거야."

하지만 마찬가지였습니다.
　날지 못하는 반딧불이는 몹시 슬프고 화가 나
주변을 미친 듯이 펄쩍펄쩍 뛰어다니다가
작은 돌에다 자기 몸을 힘껏 들이받았습니다.
　반딧불이들은 그저 지켜보기만 할 뿐
친구를 위해 해 줄 수 있는 것이 아무것도 없었습니다.

그러는 사이 반딧불이 한 마리가
슬그머니 자리를 뜨더니
어디론가 날아가 버렸습니다.
그러자 또 한 마리가 날아가고,
계속해서 세 마리, 네 마리……
결국 모두 날아가 버리고 말았습니다.
날지 못하는 반딧불이는 지친 나머지
혼자 돌 위에 주저앉아
멍하니 하늘만 바라보았습니다.

그때, 어디선가 사람 목소리가 들려왔습니다.
"오늘밤은 반딧불이가 한 마리도 보이지 않네. 어떻게 된 일이지?"
반딧불이를 잡으러 온 아이들이 여기저기 두리번거리며 말했습니다.

그도 그럴 것이, 모든 반딧불이들이 날개를 접고

달개비 잎 뒤에 살며시 숨어들어 날지 못하는 반딧불이 일을

걱정하고 있었던 것입니다.

다음날 밤, 날지 못하는 반딧불이는
온 힘을 다해 나지막한 갯버들 가지로 올라갔습니다.
　갯버들 가지에는 명주 같은 털이 나 있는 작고 흰 이삭이
아직 조금 남아 있었습니다.
　날지 못하는 반딧불이는 그 이삭을 하나, 둘, 셋… 헤아리면서
천천히 기어올랐습니다.
　"나도 한번쯤 높은 데 올라가서
다른 친구들처럼 환하게 비춰 보고 싶어."
　날지 못하는 반딧불이는 열심히, 열심히 기어올랐습니다.
　작은 가지 꼭대기가 바로 위에 보였습니다.

"아, 정말 멋진 경치야. 논이 꽤나 넓은데."
　처음 본 아름다운 경치에 날지 못하는 반딧불이는
무척 행복해져서 쪼그라든 날개를 파닥거리며
즐거워했습니다.
　시원한 바람이 부드럽게 갯버들을 어루만지자
작은 가지가 그물침대처럼 흔들렸습니다.
　마을 쪽에는 집들의 불빛이 금모래를 뿌려 놓은 것처럼
깜빡거리고 있었고, 그 건너편에는 환하게 불을 밝힌
외국의 배들이 항구에서 쉬고 있는 것이 보였습니다.
"야, 정말 아름답다."
　날지 못하는 반딧불이는 이렇게 말하며
크게 한숨을 쉬었습니다.

　　다음날 밤에도, 그 다음날 밤에도 날지 못하는 반딧불이는
갯버들 가지로 올라갔습니다.
　　멍하니 마을과 항구의 불빛을 바라보기도 하고,
고기잡이 배가 비추는 아련한 불빛에 마음을 빼앗기기도 하고,
별이 아름다운 밤에는 시간 가는 줄도 모르고
밤이 이슥하도록 별을 바라보기도 했습니다.
　　그 동안, 함께 번데기에서 나온 친구 반딧불이들은
한 번도 찾아오지 않았습니다.

　친구들은 날지 못하는 반딧불이에게 어떤 말을 해 주어야 할지
알 수 없었기 때문입니다.
　날지 못하는 반딧불이는 부드러운 이삭 위에 앉아
물끄러미 마을의 불빛을 보면서 흥겨운 축제 음악을 듣고 있었습니다.
　마을 축제 날이 다가오고 있었던 것입니다.

　반 반 반딧불이 이리로 와. 저기 저기 저쪽 물은 맛이 없어.
　여기 여기 이쪽 물은 아주 달지. 반 반 반딧불이 이리로 와.

대낮처럼 밝은 달밤이었습니다.
날지 못하는 반딧불이는 다른 날과 마찬가지로
갯버들 가지에 올라
커다란 보름달을 올려다보고 있었습니다.
때때로 쉬익 쉭, 빛의 꼬리를 끌면서
다른 반딧불들이 눈앞을 날아갔습니다.
꽁무니 불빛을 깜빡이면서 하늘을 향해
수직으로 날아오르는 반딧불이도 있었습니다.
날지 못하는 반딧불이는 슬픈 눈으로
그 모습이 보이지 않을 때까지 뒤쫓고는 했습니다.

그랬기 때문에,
"누나, 여기 좀 봐.
갯버들 가지 위에 반딧불이가 앉아 있어."

라고 말하며, 남자아이가 손을 둥그렇게 모아

뒤에서 점점 가까이 다가오는 것을

전혀 눈치 채지 못했습니다.

　　날지 못하는 반딧불이는 하늘을 날아다니는 반딧불이처럼
자신도 꽁무니 불빛을 힘껏 밝히고 있었습니다.
　　하늘의 반딧불이가 반짝, 하고 강한 빛을 뿜어낼 때면
날지 못하는 반딧불이도
갯버들 이삭의 흰 털들이 한 올 한 올 다 뚜렷하게 보일 정도로
확 밝게 빛을 뿜어냈습니다.

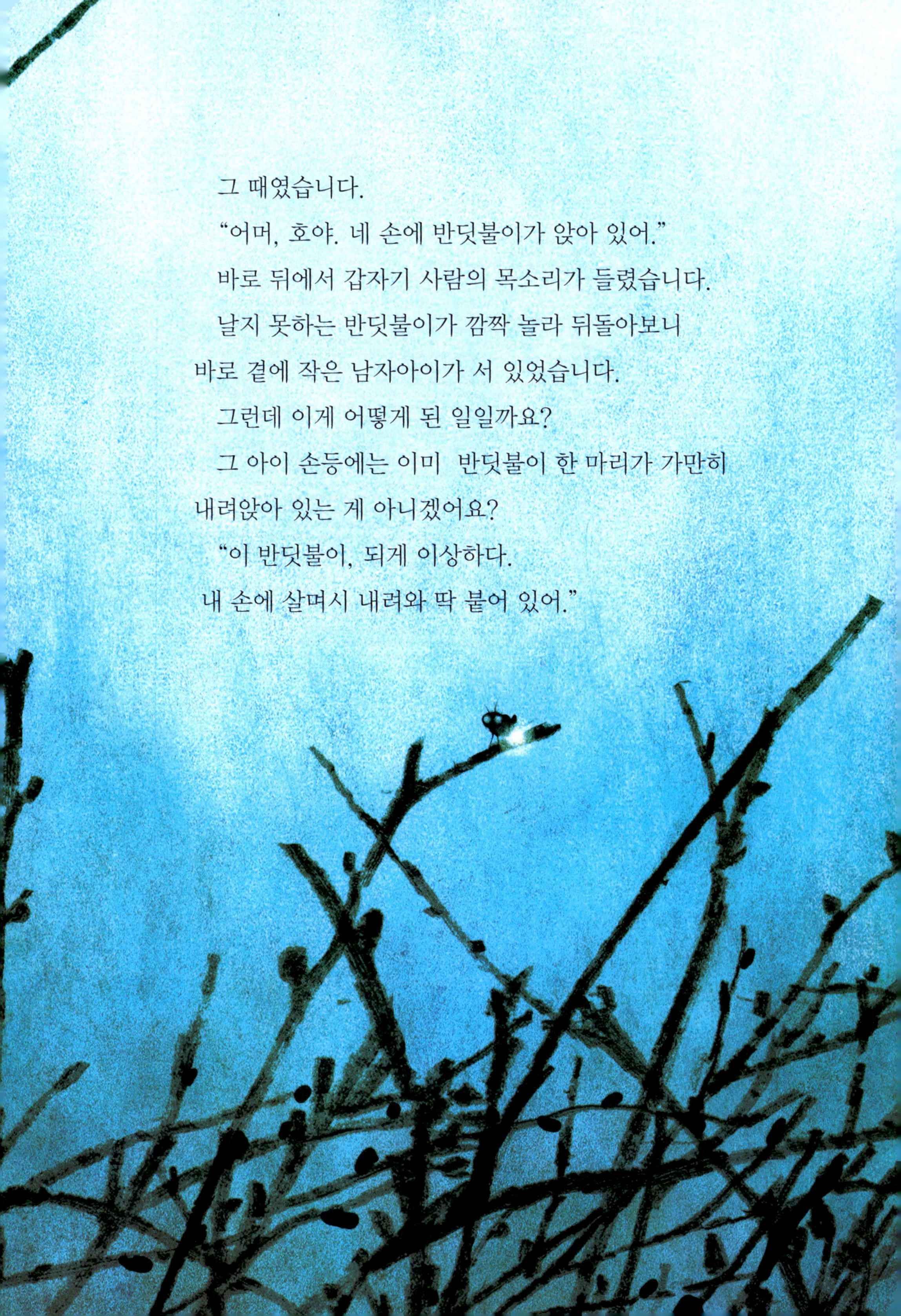

그 때였습니다.
"어머, 호야. 네 손에 반딧불이가 앉아 있어."
바로 뒤에서 갑자기 사람의 목소리가 들렸습니다.
날지 못하는 반딧불이가 깜짝 놀라 뒤돌아보니
바로 곁에 작은 남자아이가 서 있었습니다.
그런데 이게 어떻게 된 일일까요?
그 아이 손등에는 이미 반딧불이 한 마리가 가만히
내려앉아 있는 게 아니겠어요?
"이 반딧불이, 되게 이상하다.
내 손에 살며시 내려와 딱 붙어 있어."

　　남자아이는 그렇게 말하고 몸을 돌려 큰 여자아이에게로
달려갔습니다.
　　"누나, 이 반딧불이 도망가지 않아.
이것 좀 봐. 여기 그대로 있잖아."
　　남자아이 손등에는 반딧불이가 한 마리, 희미하게 빛을 내면서

몸을 잔뜩 웅크리고 앉아 있었습니다.
　"누나, 내가 말야. 저 갯버들에 앉아 있는 반딧불이를
잡으려고 했는데, 갑자기 이 반딧불이가 하늘에서 휙 내려와
내 손등에 앉는 거야."
　"참 이상한 반딧불이네. 어쨌든 그냥 이걸 가지고 가자."

날지 못하는 반딧불이는 온몸이 저르르 저려오더니
그대로 몸이 굳어 버리는 듯했습니다.
"아아, 저 반딧불이는 나 대신 잡힌 거야.
나를 구하기 위해서 일부러 붙잡힌 거야."
날지 못하는 반딧불이는 굵은 눈물을 뚝뚝
흘렸습니다.
"저 반딧불이는 어디에선가 쭉 나를 지켜보고
있었던 거야. 그러다가 내가 붙잡히려는 순간
날아와 준 거야. 나를 구하기 위해서……."
날지 못하는 반딧불이는 이렇게 외치면서
몇 번이고 땅바닥을 마구 나뒹굴었습니다.

두 아이는 즐겁게 노래 부르며 벌써 반대편 논두렁을
걸어가고 있습니다. 손에 든 유리병에는 붙잡힌 반딧불이가
아름답게 빛나고 있었습니다.
　　하늘에는 어느새 날아왔는지 수십 마리 반딧불이가
모여들어 있었습니다. 모든 반딧불이들이
조금 전에 일어난 일을 다 보았던 것입니다.

반딧불이들은, 백조좌의 별들처럼
아름다운 십자가 모양으로 줄지어 따라가면서
잡혀가는 반딧불이를 조용히 떠나보내고 있었습니다.
반딧불이들이 하는 이야기가 들려왔습니다.
"내가 먼저 앞으로 나가려고 했는데."
"나도야. 내가 먼저 나가려고 했어."

아이들에게 붙잡힌 유리병 속의 반딧불이는
‘괜찮아, 애들아. 난 곧 너희들에게로 돌아갈 거야.’
라고 대답하는 듯 반짝, 반짝 빛을 냈습니다.
날지 못하는 반딧불이는 눈물 가득한 눈으로
멀어져 가는 친구들을 바라보았습니다.
"친구들 모두가 날 지켜보고 있었던 거야."
날지 못하는 반딧불이는 이제 쪼그라든 날개 따윈
상관없다고 생각하였습니다.

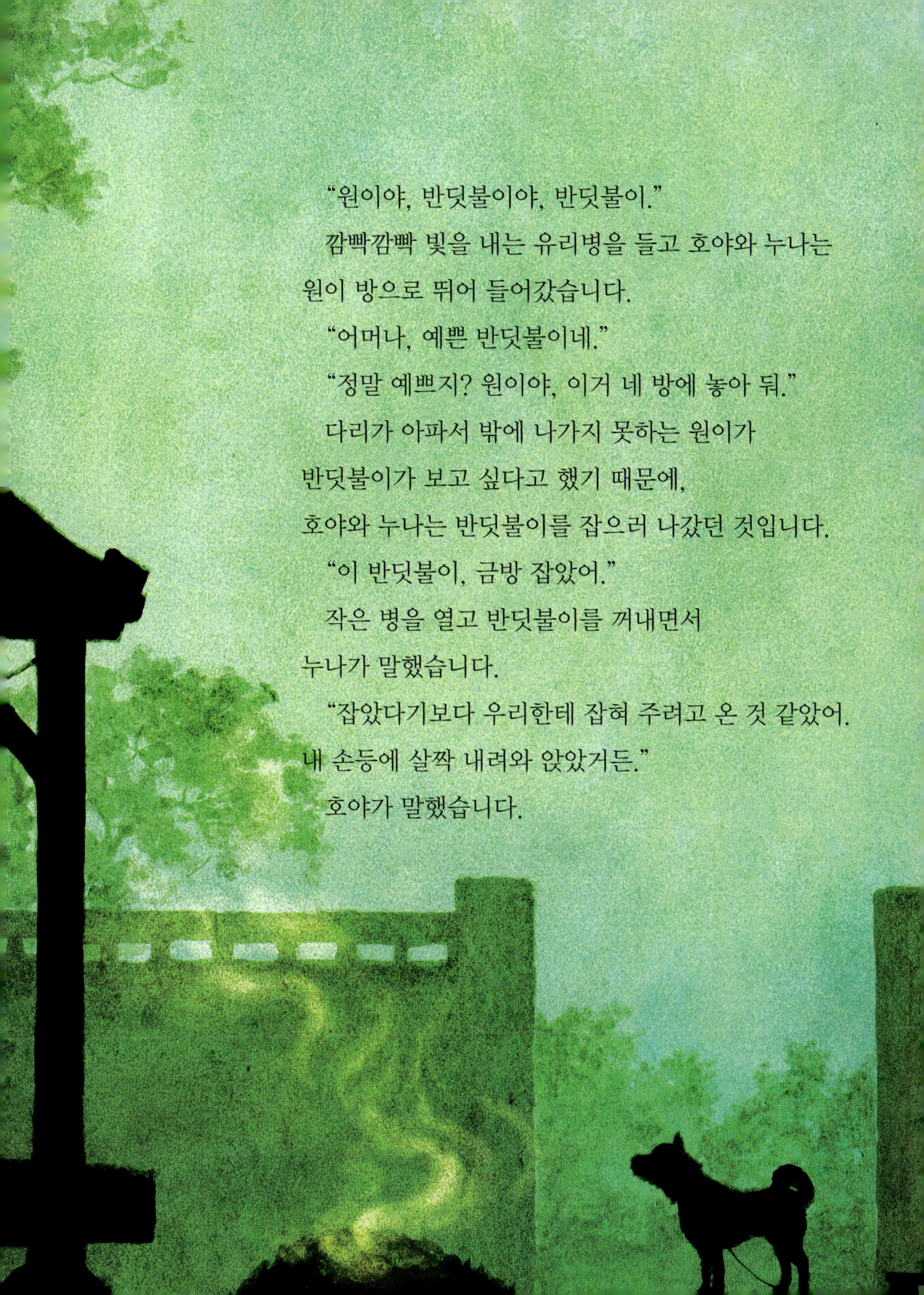

“원이야, 반딧불이야, 반딧불이.”
깜빡깜빡 빛을 내는 유리병을 들고 호야와 누나는
원이 방으로 뛰어 들어갔습니다.
“어머나, 예쁜 반딧불이네.”
“정말 예쁘지? 원이야, 이거 네 방에 놓아 둬.”
다리가 아파서 밖에 나가지 못하는 원이가
반딧불이가 보고 싶다고 했기 때문에,
호야와 누나는 반딧불이를 잡으러 나갔던 것입니다.
“이 반딧불이, 금방 잡았어.”
작은 병을 열고 반딧불이를 꺼내면서
누나가 말했습니다.
“잡았다기보다 우리한테 잡혀 주려고 온 것 같았어.
내 손등에 살짝 내려와 앉았거든.”
호야가 말했습니다.

병에서 꺼내자, 작은 반딧불이는 아름다운 빛을 내며
방안을 날아다녔습니다.
걸어다닐 수 없는 원이는 누운 채로
반딧불이가 날아다니는 모양을 즐거운 눈빛으로 좇았습니다.
호야가 말했습니다.
"이 반딧불이도 누나나 동생이 있을까?"
방안을 날아다니던 반딧불이는 이렇게 말해 주고 싶었습니다.
'그럼, 있지. 있고말고. 그리고 말야, 너희들처럼
정말 사이가 좋단다.'
원이가 누워 있는 방은 툇마루 쪽에 붙어 있어서
시원한 바람이 곧잘 불어왔습니다.
원이는 한참 동안 반딧불이를 보고 있었습니다.
반딧불이도 한껏 날개를 펼치고 꽁무니 불빛을 환하게
내뿜으면서 힘차게 날았습니다.
밖으로 나가려고 하기만 하면 툇마루 쪽 문을 통해
충분히 나갈 수 있었지만 그런 건 완전히
잊어 버린 듯했습니다.

얼마쯤 시간이 흘렀을까,
잡혀간 반딧불이가 반딧불이들의 보금자리로
돌아온다는 소식이 들려왔습니다.
이미 그때는 날지 못하는 반딧불이는 외톨이가
아니었습니다.
친구들과 함께 그 용기 있는 반딧불이를 맞으러 나갈
준비를 서두르고 있었습니다.
흉하게 쪼그라든 날개는 변함이 없습니다.
하지만 이제 그런 건 조금도 마음에 두고 있지
않은 것처럼 보였습니다.
반딧불이들의 웃음소리가 들려왔습니다.
마중 나갔던 반딧불이들이 벌써 돌아오고 있나 봅니다.

아! 돌아왔습니다.

조금 전, 아이들에게 붙잡혀 가는 반딧불이를 보낼 때와 같이
백조좌 형태로 줄을 지어 날아오고 있습니다.

저기, 십자가 모양의 한가운데 있는 게
바로 그 용기 있는 반딧불이입니다.

날지 못하는 반딧불이는, 보금자리 주위에 빙 둘러서 있는
친구들 사이에 서서 하늘을 올려다보고 있었습니다.
　그런데 그 얼굴은 기쁜 것인지 슬픈 것인지 알 수 없게
마구 일그러져 있었습니다.
　커다란 백조는 점점 더 가까이 다가왔습니다.

반딧불이 보금자리 강가 풀밭 버들가지
버들가지 사이로 저녁 어스름 깃들고
강물 속 송사리 꿈을 꿀 때면
반 반 반딧불이 환한 등불 켜 주네

반딧불이들의 노랫소리가 점점 커져갔습니다.

언제까지나 마음에서 빛나는
반딧불이들의 불빛

〈날지 못하는 반딧불이〉 탄생

오자와 선생님이 처음 이 동화를 쓴 것은 1955년, 반딧불이들이 한창 날아오르기 시작할 무렵이었습니다.

당시 오자와 선생님은 도야마 현 후시키초등학교에 막 부임한 새내기 선생님이었습니다. 선생님은 6학년 담임을 맡고 있었는데, 반에서 일어나고 있는 집단 따돌림 문제를 어떻게 해결해야 할지 몰라 고심하고 있었습니다.

5월 말 경 선생님은 반 아이들을 데리고 반딧불이를 채집하러 나갔습니다.

학교 근처 논에서는 수많은 반딧불이들이 번데기에서 부화하여 주변을 날아 오르고 있었습니다. 선생님은 이상한 반딧불이 한 마리를 보았습니다.

"무리 지어 있는 반딧불이 가운데 때때로 빛을 내지 못하는 반딧불이가 있었습니다. 그 반딧불이가 반에서 집단 따돌림을 당하고 있는 아이들, 이를테면 몸이나 마음에 장애가 있는 아이들과 닮았다는 생각이 들었습니다. 그 때부터 그 반딧불이가 내 마음속에 깃들어 살기 시작했다고나 할까요?"

그 때 반 뒤편 게시판에 '선생님 자리'라는 난이 있었는데 오자와 선생님은 반딧불이 이야기를 동화로 만들어 게시판에 올렸습니다.

그 이야기가 바로 〈날지 못하는 반딧불이〉입니다.

당시 오자와 선생님 반 학생들은 그때를 돌아보며 이렇게 말합니다.

"우리는 그 이야기를 그저 하나의 동화로만 받아들였을 뿐 선생님이 집단 따돌림 문제를 말하고 계신 줄은 몰랐습니다."

〈날지 못하는 반딧불이〉는 그렇게 잊혀져 30년간이나 묻혀 있었습니다.

다시 날아 오른 〈날지 못하는 반딧불이〉

그로부터 32년이 지난 1987년 선생님은 후시키초등학교 교장선생님이 되었습니다.

그 해 5월, 2학년 담임을 맡고 있던 여선생님이 교장선생님에게 집단 따돌림 문제를 상담하였습니다. 교장선생님은 즉시 학부모 간담회를 열어 이 문제에 관해 의견을 듣기로 하였습니다. 그 때 오자와 선생님 반 학생이었던 한 학부모가 이렇게 말했습니다.

"선생님, 제가 학교에 다닐 때 교내 방송에서 반딧불이 이야기를 들려 주신 적이 있었지요? 아이들에게 다시 그 이야기를 들려 주면 어떨까요?"

그 때 학급 게시판에 붙여 놓았던 〈날지 못하는 반딧불이〉를 학급 문집과 교내 방송을 통해 전교에 소개한 적이 있었는데 그것이 떠올랐던 것입니다. 그 학부모는 그 때의 일이 마음에 강한 인상을 남겼다고 했습니다. 30년도 더 지나 완전히 잊혀졌다고 생각했던 그 동화가 한 학생의 가슴에 이로새겨져 있었던 깃입니다.

이리하여 교장선생님은 고개를 갸우뚱거리면서도 학부모의 의견을 받아들여 〈날지 못하는 반딧불이〉를 2학년 학급 아이들에게 읽어 주기로 하였습니다.

"오늘 학교에서 정말 슬픈 이야기를 들었어요."

아이들에게서 이 말을 들은 어머니는 교장선생님에게 달려가 〈날지 못하는 반딧불이〉를 복사하여 읽어 보았습니다.

"어디가 어떻게 좋다고 딱 집어 말할 수는 없었지만 가슴이 뻐근해지면서 눈물이 왈칵 쏟아졌습니다. 이건 한 학급에만 읽어 주고 말기에는 아까운 이야기입니다. 더 많은 아이들에게 이 이야기를 들려 주었으면 좋겠습니다."

〈날지 못하는 반딧불이〉 방방곡곡으로 날다

몇 번의 시행착오 끝에 삽화를 넣어 만든 작은 책자가 전교생에게 전달되었습니다.

"아이들 사이에서 집단 따돌림에 대한 반성이 일기 시작했습니다. 이 이야기 속에는 집단따돌림에 대해서는 한 마디도 씌어 있지 않지만, 아이들은 따돌림을 당하고 있는 아이의 심정이 어떨지, 얼마나 외롭고 슬플지 헤아릴 수 있었던 것 같습니다."

오자와 선생님의 말처럼 그 무렵부터 아이들 사이의 분위기가 조금씩 변하기 시작했습니다. 그리고 방송반 아이들에 의해 〈날지 못하는 반딧불이〉가 교내 방송용 비디오로 만들어졌습니다.

오자와 선생님이 동화를 만들게 된 경위부터 이 이야기를 읽은 아이들의 독후감 인터뷰까지 넣어 30분 정도의 내용으로 만든 작품이었습니다.

"여러분 반에는 '날지 못하는 반딧불이' 가 없나요?"

비디오 테이프 마지막에 들어간 이 한 마디가 아이들 사이에 유행어처럼 퍼져나가 집단 따돌림이 점차 사라져 갔던 것입니다.

이윽고 이 교내 방송은 매스컴에 소개되어 전국으로 퍼져 나가게 되었습니다.

이 책이 출판되어 전국 서점에서 팔리기 시작한 것도 그 즈음이었습니다.

이후 〈날지 못하는 반딧불이〉는 비디오 테이프는 물론 애니메이션으로도 제작되었으며, 연극과 뮤지컬에 이르기까지 다양한 형태로 소개되어 커다란 반향을 불러일으켰습니다.

"너희들은 혼자가 아니란다"

오자와 선생님이 35년 전에 쓴 것은 〈날지 못하는 반딧불이〉라는 동화뿐이었습니다. 그런데 당시에는 선생님들이 직접 연극을 하여 아이들에게 보여 주는 일이 많았는데 아이들에게 무척 인기가 있었습니다. 그래서 오자와 선생님은 학교에서 집단 따돌림이 사라지기를 바라는 마음으로 이 이야기를 희곡으로 만드는 일에도 참가했습니다.

오자와 선생님은 1989년 초에 정년 퇴임을 하셨습니다. 퇴직한 이후에도 선생님은 푸른 하늘 아래 아이들을 모아 놓고 역사와 자연을 몸으로 배우는 일요 학급을 열었습니다. 워낙 아이들을 좋아하는 데다, 젊은 선생님이었던 때 자주 하던 야외수업의 즐거움이 되살아나 행복한 시간이었습니다.

〈날지 못하는 반딧불이〉가 많은 사람들에게 사랑을 받는 까닭에 대해 오자와 선생님은 이렇게 말합니다.

"아이들은 경쟁 사회 속에서 점점 고립되어 가는 것을 느낍니다. 이 이야기는 '너희들은 혼자가 아니란다' 하고 아이들에게 건네는 따뜻한 말 한 마디입니다. 처음엔 이 소박한 이야기가 책으로 만들어진다는 것이 부끄러웠지만, 어쩌면 마음 한 구석에는 소외되어 가는 현대인들에게 그 한 마디를 들려 주고 싶은 마음이 있었는지도 모릅니다."

〈날지 못하는 반딧불이〉 바다 건너 날아 오다

이 책 〈날지 못하는 반딧불이〉와 만난 것이 벌써 10여 년 전 일이 되었습니다. 일본에 머무르던 때 처음 이 책을 발견하여 가지고 있다가, 아이가 초등학생이 되었을 때 A4 용지에 우리말로 옮겨 읽어 주었습니다. 그 후 우리는 이 책을 읽고 또 읽었습니다.

시간이 흐를수록 깊은 의미를 담고 있는 이 책을 더 많은 어린이들과 함께 읽고 싶다는 생각이 간절해졌습니다.

하지만, 빨리 출간하고 싶은 마음과 달리 이 책은 그로부터 또 몇 해가 더 흐른 지금에야 우리 아이들을 찾아갈 수 있게 되었습니다.

우여곡절 끝에 가까스로 계약을 마치고 김동성 선생님께 일러스트를 부탁드렸더니 무척이나 바쁜 일정에도 기꺼이 받아들여 주셨습니다. 섬세하면서도 깊이 있는 화가의 혼이 느껴지는 그림들이 이 이야기의 감동을 배가시켜 줍니다.

지난해 겨울, 오자와 선생님이 노환으로 병원에 입원하셨다는 소식을 들었을 때는 이렇게 아름다운 모습으로 다시 태어난 책을 보여드리지 못할까 봐 조바심이 나기도 했습니다.

집단 따돌림 문제, 차별문제는 아직도 우리의 마음을 어둡게 합니다. 마음속에 그런 나쁜 마음이 절대 뿌리내리지 못하게 세상 모든 아이들이 이 책을 읽었으면 좋겠습니다.

김 숙

글 오자와 아키미

1929년 도야마현에서 출생하였으며, 다카오카공업전문학교를 졸업하였습니다.
1949년 도야마현 후시키초등학교 교사로 첫발을 내딛은 오자와 선생님은
동경대학에서 1년간 공부한 후 도야마교육연구소와 오시마초등학교 등지에서도 근무하였습니다.
첫 부임하였던 후시키초등학교에서 1990년에 교장선생님으로 퇴임하였습니다.
『날지 못하는 반딧불이』로 제1회 다카오카시민문화상을 수상하였으며,
『날지 못하는 반딧불이』에 이어 많은 교육 동화를 썼습니다.

그림 김동성

그림책, 광고, 카툰, 애니메이션 등 다양한 작품 활동을 펼치고 있는 일러스트레이터.
1970년 부산에서 태어나 홍익대학교 미술대학 동양화과를 졸업하였습니다.
섬세하고 세련된 묘사로 정평이 나 있는 김동성 선생님은 『삼촌과 함께 자전거 여행』, 『메아리』, 『비나리 달이네 집』,
『엄마 마중』, 『나이팅게일』 등을 통해 동서양을 넘나드는 독특한 작품 세계를 보여주고 있습니다.
2004년 백상출판문화상을 수상하였습니다.

옮김 김 숙

동국대학교 교육학과를 졸업하고 일본에서 공부하였습니다.
좋아하는 책들로 세상을 구성하려는 소망으로 그림책 전문서점을 열어
좋은 그림책 읽기 모임을 만들었고, SBS의 애니메이션 번역을 거쳐 현재는 출판 기획과 번역을 하고 있습니다.
육아서 『아들, 제대로 알고 잘 키우기』와 그림책 『언제까지나 너를 사랑해』, 『헝겊 토끼의 눈물』, 『마지막 마술』,
『펭귄표 냉장고』 등 여러 권을 번역하였습니다.
1999년 《문학동네》 신인상을 받았으며, 소설집 『그 여자의 가위』가 있습니다.

날지 못하는 반딧불이

글 오자와 아키미 | 그림 김동성 | 옮김 김숙
초판 1쇄 발행 | 2007년 2월 15일 | 초판 7쇄 발행 | 2012년 1월 25일
펴낸이 최용선 | 펴낸곳 도서출판 **북뱅크** | 등록 제 1999-6호
주소 인천광역시 부평구 십정 2동 441 종근당빌딩 501호
전화 (032)434-0174 / 441-0174 | 팩스 (032)434-0175 | 메일 bookbank@unitel.co.kr
ISBN 978-89-89863-52-6 73830

잘못된 책은 본사나 구입처에서 바꿔드립니다.